# CATALOGUE

DE

# OBJETS D'ART

ET DE.

## BEL AMEUBLEMENT

*TABLEAUX, INSTRUMENTS DE MUSIQUE*

## BEAUX BIJOUX

EN

## ÉMERAUDES, PERLES & DIAMANTS

### Objets de Vitrine

## TENTURES — TAPIS

DONT LA VENTE AURA LIEU

## HOTEL DROUOT, SALLE N° 1

Les Lundi 29 et Mardi 30 Décembre 1902

A 2 HEURES 1/4

Me F. LAIR-DUBREUIL

COMMISSAIRE-PRISEUR

Successeur de Me DUCHESNE

6, Rue du Hanovre

M. Arthur BLOCHE

EXPERT

PRÈS LA COUR D'APPEL

28, Rue de Châteaudun, 28

**EXPOSITION PUBLIQUE : LE DIMANCHE 28 DÉCEMBRE 1902**

DE 2 HEURES A 5 HEURES 1/2

## CONDITIONS DE LA VENTE

La vente sera faite expressément au comptant.

Les acquéreurs paieront 10 o/o en sus des adjudications.

L'exposition mettant le public à même de se rendre compte de l'état des objets, il ne sera admis aucune réclamation une fois l'adjudication prononcée.

*1902 Décembre 29*

# VENTE

## HOTEL DROUOT, SALLE N° 1

### Les Lundi 29 et Mardi 30 Décembre 1902

A 2 HEURES 1/4

# OBJETS D'ART

ET DE

# BEL AMEUBLEMENT

## Instruments de Musique

## TABLEAUX

# BEAUX BIJOUX

EN

## ÉMERAUDES — PERLES ET DIAMANTS

## Tentures — Tapis

| **M<sup>e</sup> F. LAIR DUBREUIL** | **M. ARTHUR BLOCHE** |
|---|---|
| COMMISSAIRE-PRISEUR | EXPERT |
| Successeur de M<sup>e</sup> DUCHESNE | près la Cour d'Appel |
| 6, rue de Hanovre, 6 | 28, rue de Châteaudun, 28 |

## EXPOSITION PUBLIQUE

### Le Dimanche 28 Décembre 1902

DE 2 A 5 H. 1/2

PARIS. — IMPRIMERIE ARTISTIQUE MÉNARD ET CHAUFOUR

C. CHAUFOUR, Successeur

8-10, Rue Milton, 8-10

# DESIGNATION

---

## MEUBLES

1 — Meuble de salon en bois sculpté et doré d'époque Louis XVI, couvert en tapisserie d'Aubusson, les sièges à vases fleuris et guirlandes, les dossiers à animaux allégoriques aux fables de Lafontaine dans des paysages, composé de un canapé et six fauteuils.

2 — Beau meuble de salon composé de deux canapés, deux fauteuils et deux chaises en noyer sculpté garnis en velours de Gênes.

3 — Meuble de salon en acajou sculpté style Louis XV. composé de un canapé, douze fauteuils et six chaises garnis en étoffe brochée.

4 — Grand et bel écran formé de trois panneaux en bois de fer sculpté, parties ajourées, décorés d'incrustations de nacre et de figures de cavaliers dans des paysages. Travail du Tonkin.

5 — Table rectangulaire en bois de fer sculpté bandeau ajouré, dessus de marbre à encadrement incrusté de nacre. Travail chinois.

6 — Meuble à étagère en bois de fer sculpté en relief à fleurs, feuillages et ornements, le bas ouvrant à deux portes, fronton ajouré.

7 — Paire de torchères en bois sculpté, peint et doré formées par des colonnes feuillagées à chapiteaux sur socles ornées de figures d'amours et surmontées de statuettes d'hommes portant des bouquets à quatre lumières en bronze. XVIIe siècle.

8 — Lit avec ciel de lit et une table de nuit en bois sculpté.

9 — Console en bois sculpté et doré, fin Louis XV à dessus de velours.

10 — Console en acajou ornée de bronzes, dessus de marbre turquin.

11 — Glace, cadre en bois noir plaqué d'écaille et d'ornements en cuivre repoussé. XVII$^c$ siècle.

12 — Bureau bonheur du jour en marqueterie de bois rose garni de bronzes dorés. Louis XVI.

13 — Horloge en bois sculpté.

14 — Table de salon en bois noir et marqueterie de cuivre ornée de bronzes dorés.

15 — Vitrine Louis XVI en acajou et cuivres.

16 — Encoignure en acajou et cuivres.

17 — Deux gaines en acajou ornées de bronze.

18 — Petrin et sa pannetière en bois sculpté.

19 — Table poudreuse Louis XVI en acajou.

20 — Ameublement de salle à manger en bois noir sculpté de style Renaissance, composé de : un buffet à deux corps formant crédence et à étagères sur les côtés, une table ovale et cinq allonges, une desserte, une console à dessus de marbre et huit chaises couvertes en cuir.

21 — Piano droit en palissandre de Herz.

22 — Casier à musique en palissandre et tabouret de piano.

23 — Deux vitrines en acajou sculpté de style Louis XV.

24 — Console en acajou sculpté de même style,

25 — Guéridon de salon en acajou sculpté de même style.

26 — Deux tabourets.

27 — Secrétaire en noyer sculpté et ciré à dessus de marbre.

28 — Petit guéridon en palissandre orné de bronzes.

29 — Petite table rognon à deux tiroirs en marqueterie ornée de bronzes.

30 — Petite commode Louis XV à deux tiroirs en marqueterie de bois à losanges, ornée de bronzes.

31 — Meuble-bahut Louis XV en marqueterie de bois, orné de bronzes.

32 — Console Louis XVI, en bois sculpté et doré.

33 — Glace trumeau.

34 — Table-bureau à quatre faces, en acajou à
moulures de cuivre. Epoque Louis XVI.

35 — Coffre en chêne sculpté gothique.

36 — Autre coffre plus petit.

37 — Buffet lorrain en bois sculpté.

38 — Fauteuil de bureau Louis XVI en bois
sculpté et doré, foncé de canne.

39 — Petite chaise légère Louis XV. en bois
sculpté et doré, dossier à panaches de plumes,
recouverte de soierie brochée à fleurs.

40 — Bahut en bois de rose garni de bronzes
dorés, ouvrant à deux portes ornées de panneaux laqués, travail de style Louis XVI de la
maison KRIÉGER.

41 — Table de salon I$^{er}$ Empire, en acajou orné
de bronzes ciselés et dorés piètement accosté
de sphinx, dessus en marbre vert de mer.

42-43 — Deux trumeaux de style Louis XVI en bois sculpté et rechampi de gris, avec leurs glaces, offrant dans le haut des amours en grisaille.

44 — Deux fauteuils époque Louis XVI, dossiers ovales, en·bois sculpté à feuillages et perles, rehaussés d'or, recouverts en velours fond rouge.

45 — Table poudreuse Louis XVI, en bois de luxe et marqueterie ornée de bronzes ciselés et dorés, avec galerie ajourée.

46 — Paravent Louis XV en bois sculpté et doré, ouvrant à trois feuilles garnies de soie brochée et ornées de gravures dans le haut.

47 — Table de salon Louis XV en bois sculpté et doré, dessus en marbre.

48 — Deux bergères Louis XVI en bois sculpté et doré, recouvertes de soierie brochée.

49 — Petit bahut Louis XV en marqueterie, s'ouvrant à une porte, dessus en marbre.

50 — Table de salon Louis XVI en bois sculpté à nœuds de rubans et feuillages. rechampi de gris, dessus en marbre.

51 — Guéridon Louis XVI en bronze mailléé et doré, dessus en marbre.

52-53 — Deux consoles Louis XVI avec leurs glaces en bois sculpté et rechampi de gris.

54 — Armoire bretonne en bois sculpté, s'ouvrant à deux portes.

55-56 — Deux consoles Louis XVI en bois sculpté et doré, forme demi-circulaire avec glaces, cadres en bois sculpté et doré.

57 — Guéridon rond Louis XVI en bois sculpté et doré, dessus en marbre brèche.

58-59 — Deux petits meubles d'appui forme demi-lune en marqueterie de bois, s'ouvrant à une porte, dessus en marbre avec galerie ajourée.

60-61 — Deux trumeaux Louis XV en bois sculpté et rechampi de gris, avec leurs glaces ornées dans le haut de peintures à jeux d'amours.

62 — Petite armoire Louis XV en bois sculpté, s'ouvrant à une porte.

63 — Bergère Louis XVI en noyer finement sculpté, recouverte de soierie fond vert clair.

64 — Commode époque Louis XV en marque te
rie de bois, ornée de bronzes ciselés et dorés
dessus en marbre.

65 — Grand cabinet chinois à deux corps en
bois de fer orné d'incrustations de nacre à
volatiles, fleurs et personnages.

66-67 — Deux vitrines en bois peint, travail
oriental.

68 — Pannetière en bois sculpté.

69 — Pagode chinoise.

# OBJETS D'ART

70 — Applique-thermomètre en cuivre repoussé
et doré, d'aspect monumental à figures du
jour et de la nuit, dans un encadrement à
pilastres et fronton couronné par une statuette
d'amour. Style xviie siècle.

71 — Statuette de Vierge et Enfant en bronze.

72 — Grand vase jardinière sur piédouche en
cuivre repoussé.

73 — Statuette en bronze par CAUSSÉ, *Brise de Mai*, socle cannelé en marbre rouge.

74 — Groupe de *Bacchant* et *Bacchante* en bronze sur socle en marbre.

75 — Pendule en marbre blanc surmontée d'un groupe en bronze doré : *La jeune mère.*

76 — Pendule sur socle-applique en marqueterie de cuivre ornée de bronzes. Style Louis XIV.

77 — Statuette en bronze, par MADRASSI : *Nymphe à la coquille.*

78 — Pendule en bronze ciselé et doré à figure d'homme en bronze, patine brune, commencement du xixe siècle.

79 — Statuette en bronze, par DROUOT : la *Marchande de pomme.*

80 — Statuette en bronze, par H. MOREAU : *Diane tirant de l'arc.*

81 — Pendule en bronze ciselé et doré à figure allégorique jouant de la lyre. Epoque Ier Empire.

82 — Galerie de foyer en bronze doré de style Louis XVI.

83 — Buire en bronze, anse à Cariatide et rinceau.

84 — Paire de flambeaux en cuivre gravé.

85 — Deux petits bustes de Jésus-Christ et de la Vierge en bronze doré.

86 — Suspension forme lampe juive en cuivre poli.

87 — Deux statuettes de Polonais, en bronze.

88 — Petite statuette en bronze, par GARNIER : *Feu Follet.*

89 — Encrier en bronze ciselé, style gothique.

90 — Paire d'appliques en bronze de style Louis XV.

91 — Statuette en bronze : *Vénus de Milo.*

92 — Paire d'appliques à bouquets de fleurs de lys, en bronze, garnies de six lumières.

93 — Suspension de salle à manger nickelée.

94 — Paire de flambeaux trépieds, en bronze poli, à Cariatides.

95 — Suspension de salle à manger, en bronze, avec appliques à trois bougies à gaz.

96 — Suspension de salle à manger, en bronze nickelé de style Renaissance.

97 — Paire d'appliques à six lumières en bronze nickelé, de même style.

98 — Garniture de cheminée en bronze doré et porcelaine, composée d'une pendule et deux candélabres.

99 — Galerie de foyer en bronze doré.

100 — Paire de chenets en bronze doré.

101 — Lustre en bronze doré.

102 — Paire d'appliques à trois lumières en bronze.

103 — Lanterne d'antichambre formant jardinière en cuivre à trois lampes électriques.

104 — Paire de flambeaux Empire, en bronze doré.

105 — Groupe en marbre blanc, par H. MOREAU :
*La Esmeralda.*

106 — Paire de vases en forme de buires en marbre et albâtre sculpté.

107 — Statuette en terre-cuite, par CARRIER-BELLEUSE : *Le Violoniste.*

108 — Deux petits bustes de femme en terre-cuite rehaussée de peintures, par GUILLEMIN.

109 — Groupe en plastique peinte. Signé, SAUVAGEOT : *Jeune femme et enfant.*

110 — Groupe en terre cuite : *Amour et chèvre.*

111 — Deux statuettes en terre cuite. Signées : PAUL DUBOY.

112 — Statuette du Dieu de la Guerre, en bois sculpté et parties laquées, posée sur un terrassement en bois sculpté. Travail chinois.

113 — Bas-relief en bois sculpté représentant la *Sainte famille*, travail du XVII$^e$ siècle.

114 — Deux sabres japonais poignées et fourreaux en ivoire sculpté.

115 — Flissah orientale fourreau garni de coquillages.

116 — Poignard à lame courte fourreau et poi-
gnée garnis de coquillages.

117 — Sabre chinois fourreau avec garniture en
argent gravé.

118-119 — Quatre médaillons en ancien émail représentant *Le Christ, La Vierge Saint Jean et
Saint Ignace*, dans deux encadrements en
cuivre repoussé et poli de style xviie siècle.

120 — Deux émaux de Limoges à figures de
Sainte et de Saint en prière xviie siècle sur
fond de velours rouge.

121 — Deux candélabres en verre de Venise.

122 — Vase en porcelaine de Chine à réserves de
fleurs anses formées par des oiseaux.

123 — Vase de forme ovoide sur piédouche en
faïence italienne.

124 — Grand plat en porcelaine de Chine.

125 — Groupe en porcelaine de Saxe.

126 — Paire de vases en faïence japonaise décor
à personnages.

127 — Jardinière montée en bronze et deux
vases en porcelaine japonaise décor à personnages.

128 — Vase en porcelaine de Chine.

129 — Bol en porcelaine de Chine décor poly-
chrome.

130 — Plateau de service en palissandre incrusté
de burgau.

131 — Peinture sur porcelaine : *Femme et Amour
dans un jardin*.

132 — Statuette en bronze : *la Lavandière*, signé
J. GARNIER.

133 — Statuette en bronze de *Jeanne d'Arc*, par
la princesse MARIE D'ORLÉANS.

134 — Statue de négrillon en bois sculpté, rehaussé de peinture et de dorure, époque
Louis XV.

135 — Buste en marbre : *Manon*, signé AMÉLIE
COLOMBIER.

136 — Groupe en marbre : *Farniente*, signé
AMÉLIE COLOMBIER.

137 — Statuette en marbre : *le Baiser*.

138 — Buste en marbre : *la Dubarry*.

139 — Buste en marbre : *Marie-Antoinette*.

140 — Marbre de MADRASSI : *Enfant tenant une
gerbe de fleurs*. Sculpture en bas-relief posant
sur uu socle en marbre rouge veiné.

141 — Groupe en terre cuite de CARRIER-BEL-
LEUSE : *le Triomphe de Silène*.

142 — Groupe en terre cuite : la *Charmeuse de
panthères*, signé CARRIER-BELLEUSE.

143 — Buste en terre cuite de CARRIER-BELLEUSE :
*Eve.*

144 — Jardinière en terre cuite entourée d'un
groupe d'enfants, signée CARRIER-BELLEUSE.

145 — Statuette en terre cuite de CARRIER-BEL-
LEUSE : *Diane victorieuse*.

146 — Groupe en terre cuite de CARRIER-BEL-
LEUSE : *Bacchanale*.

147 — Buste en terre cuite de CARRIER-BEL-
LEUSE : *Velléda*.

148 — Paire de vases de style Louis XVI en marbre blanc, ornés de bronzes dorés.

149 — Pendule de style Louis XVI forme lyre en
marbre blanc orné de bronzes dorés, cadran
entouré de strass.

150 — Statuette en bronze d'après CLODION : *la
Bacchante aux chalumeaux*.

151 — Paire d'appliques de style Louis XVI en
en bronze ciselé et doré, formées par des cariatides de femmes tenant des branches de
lumières.

152 — Pendule du Ier Empire en bronze ciselé et
doré, surmontée d'une statuette de femme.

153 — Buste en bronze : *Diane*, d'après HOUDON,
socle en marbre.

154 — Pendule du Directoire en bronze ciselé et
doré, modèle à colonnettes ornées de cariatides
de femmes.

155 — Buste en bronze : *la Coquette*.

156 — Garniture de cheminée de style Louis **XVI**
en marbre blanc orné de bronzes dorés, composée d'une pendule et de deux candélabres à
figures d'amours portant des bouquets de
lumière.

157 — Paire de vases de style Louis XVI en marbre ornés de bronzes ciselés et dorés.

158 — Deux lampes en porcelaine bleue montures
en bronze.

# BIJOUX

## OBJETS DE VITRINE

159 — Gros et magnifique brillant teinte presque
jonquille de forme carrée à coins arrondis
pesant 42 carats 1/4.

160 — Beau collier avec plaque de corsage tout
en perles et brillants, composé de 24 perles, de
28 brillants principaux dont un forme poire, et
de quantité de brillants de différentes gros-
seurs dessinants des rinceaux entrelacés.

161 — Bague modèle diadème composée d'une grosse perle poire, 2 brillants solitaires, deux autres moins gros et dix petits brillants enrichissant la bague.

162 — Belle broche modèle serpents enroulés, tout en brillants avec grosse émeraude au centre, entourée de brillants, et grande émeraude cabochon forme poire montée en pendeloque.

163 — Très belle bague composée d'une grosse et jolie perle noire entre deux brillants solitaires et de huit brillants montés en chute sur le corps de la bague.

164 — Bague composée d'une jolie perle blanche entre deux brillants forme poire montés à griffes avec dix petits brillants enrichissant le corps de la bague.

165 — Bourse en or, fermoir enrichi de cinq saphirs et quatre brillants.

166 — Peigne de coiffure en argent ciselé et doré orné de petites perles fines.

167 — Porte-cigarettes en argent bruni, monture en or, orné d'une fleurette en diamants ; poussoir d'un saphir cabochon.

168 — Epingle de coiffure en écaille blonde, bandeau ornementé en diamants enrichi de trois perles fines.

169 — Bracelet gourmette en or en partie incrusté de roses.

170 — Broche barrette de neuf brillants.

171 — Paire de boutons de manchettes en roses, monture en argent.

172 — Trois boutons de chemises perles fines monture en or.

173 — Miniature portrait de jeune dame avec gaze dans les cheveux.

174 — Miniature ancienne, portrait d'homme à cheveux frisés, cadre bois noir.

175 — Six miniatures, portraits de la famille de Louis XVI, placées dans deux cadres en bronze à fond de soie brochée.

176 — Miniature portrait de femme, cadre argenté. orné de strass.

177 — Petite pièce en couleur : *le Baptême*, cadre en bronze doré.

178 — Petit Christ en ivoire.

179 — Grande croix en ivoire.

180 — Bas-relief en métal argenté : *la Cène*, sur fond de velours.

181 — Peinture sur porcelaine · *la Vierge à la chaise*, dans un cadre en bronze cloisonné et gravé.

182 — Eventail Louis XVI à feuille brodée et peinte à sujet galant, monture en ivoire sculpté.

183 — Encrier en étain à figure de femme accoudée, signé JOUANT.

184 — Deux petits bénitiers en bronze cloisonné sur plaque de marbre.

185 — Statuette d'artisan en ivoire sculpté, travail japonais.

186 — Deux netzukés en ivoire japonais.

187 — Presse-papier à figure d'enfant couché et chat en bronze.

188 — Presse-papier formé par un oiseau en bronze.

189 — Bracelet en fer ciselé à rinceaux, damasquinés d'or.

190 — Petite boîte en noix de coco sculptée, représentant un homme accroupi.

191 — Boîte Louis XV, décor genre vernis Martin.

192 — Petit canapé et trois fauteuils en porcelaine décorée.

193-200 — Suite de neuf petits objets de vitrine en argent, tonneau, violon, balançoire, boîte à sel, jardinière, chope, canapé et un fauteuil (seront divisés.)

# INSTRUMENTS DE MUSIQUE

201 — Piano à cordes obliques de Lacappe.

202 — Violon de Lupot.

203 — Violon de Panorino.

204 — Violon de KLOTZ.

205 — Violon de GOSSIN.

206 — Violon de GRANDJON.

207 — Archets de GAND et BERNARDEL. VUILLAUME, LUPOT, MAIRE, BRUGÈRE.

208 — Violoncelle de BENOIT-FLEURY.

209 — Mandoline lombarde.

210 — Mandoline portugaise.

211 — Cithare.

212 — Clarinette BUFFET-CRAMPON.

# TABLEAUX, GRAVURES

## TOILES DÉCORATIVES

213 — ANDRÉ. *Paysage.*

214 — BAIL (d'après) *la Ménagère.*

215 — BERGERET. *Etude.*

216 — BOUCHER (Ecole de). *Portrait de jeune femme.* Dessin au crayon noir rehaussé de sanguine.

217 — BOUCHER (d'après F.) *Le Nid.*

218 — BREUGHEL. *Le Paradis terrestre.* Joli tableau sur cuivre.

219 — BREUGHEL (attribué à). *Le Miroir.*

220 — CHARDIN (d'après) *la Mère prévoyante.*

221 — DIAZ (attribué à). *Paysage,* forêt de Fontainebleau.

222 — DIAZ (genre de). *Lisière de forêt.*

223 — DONNADIEU. *Recueillement.* Pastel.

224 — DONNADIEU. *Coucou.*

225 — DONNADIEU *Le Domino.*

226 — DUMONT. *Portrait de femme décolletée tenant un verre.* Gouache cadre sculpté.

227 — DYCK (Ecole de VAN). *L'Artiste peintre.*

228 — ERRIKISSON. *Dentelière hollandaise.*

229 — ERRIKISON. *Portrait de femme hollandaise.*

230 — HARPIGNIES (d'après). *Lever de lune.*

231 — HERVÉ. *Paysage.*

232 — HUBERT (d'Après ROBERT). *Fontaine.*

233 — LAGRENÉE (DE). *Nymphe et Satyre.* Gouache.

234 — LAGRENÉE (DE). *La Jeunesse de Bacchus.* Gouache.

235 — LANGLOIS (JACQUES). *Jeune servante dansant.* Dessin.

236 — MARILHAT. *Odalisque.* Dessin à la sépia.

237 — MICHEL (Ecole de). *Paysage de Hollande.*

238 — NATTIER (Ecole de). *Portrait de femme en corsage bleu orné d'une guirlande de fleurs.* Cadre ancien sculpté et doré.

239 — PENNE (genre de DE). *Halte de chasseurs.* Aquarelle.

240 — PORBUS (Ecole de). *Portrait d'un gentil-homme.*

241 — LE PRIMATICE (Attribué à). *Le Temps découvrant la lumière.*

242 — SCHAYER (Attribué à). *Paysage d'Angleterre.*

243 — TOBUS HÆCHT. *L'Embouchure d'un fleuve animée de nombreuses embarcations et de personnages.*

244 — VÉRON. *Paysage.*

245 — Deux dessins encadrés.

246 — Trois gravures encadrées.

247 — ECOLE ANCIENNE. *Tête de femme exprimant la douleur.*

248 — ECOLE FLAMANDE. *La Partie de cartes.*

249 — ECOLE FRANÇAISE XVIIe SIÉCLE. *Portrait de femme.*

250 — ECOLE FRANÇAISE. *Etude.* Dessin au crayon noir et à la sanguine.

251 — ECOLE FRANÇAISE. *Paysage traversé par un cours d'eau et animé de figures de bergers.*

252 — ECOLE FRANÇAISE. *Cuisinière revenant du marché.*

353 — ECOLE FRANÇAISE. *Chien de chasse dans un paysage.*

254 — ECOLE FRANÇAISE. *Jeune homme vêtu de noir et coiffé d'un toquet.*

255 — ECOLE FRANÇAISE. *Portrait de femme.* Pastel.

256 — ECOLE FRANÇAISE. *Portrait d'homme.* Pastel.

257 — ECOLE FRANÇAISE. *Portrait de femme en corsage violet garni de broderie et de dentelle, avec manteau en velours bleu jeté sur les épaules.*

258 — ECOLE HOLLANDAISE. *Halte de cavaliers dans un paysage boisé.*

259 — ECOLE HOLLANDAISE. *Poule.* Cadre ancien sculpté et doré.

260 — ECOLE ITALIENNE. *L'Amour et les Grâces.*

261 — ÉCOLE MODERNE. *Paysage,* cadre en bois sculpté et doré.

262 — ÉCOLE MODERNE. Nature morte : *Melon et raisins.*

263 — ÉCOLE MODERNE. *Paysage.*

264 — ÉCOLE MODERNE. *Tête de chien.*

265 — ÉCOLE MODERNE. *Le Bain.*

266 — ÉCOLE MODERNE. *Buste de jeune femme coiffée d'un bonnet à ruban bleu.*

267 — ÉCOLE MODERNE. *Paysage avec figure de cavalier.* Aquarelle.

268 — Grande gravure. *Coming of age.*

269 — Gravure par Jazet d'après David : *le serment du jeu de Paume.*

270 — Trois gravures portrait de Louis XVI et de sa famille.

271 — Quatorze pièces : Douze gravures de la Révolution ėt deux dessins.

272 — Quatre gravures anglaises dont deux en couleur.

273 — Gravure encadrée : *Portrait de Louis-Philippe.*

274 — Toile décorative d'après Le Rouys *Junon.*

275 — Toile décorative d'après le Giotto, *Saint Antoine de Padoue.*

276 — Deux toiles décoratives d'après Boucher. *Le Corail* en camaïeu bleu et gris.

277 — Deux toiles décoratives d'après Cabanel, *la Naissance de Vénus.*

278 — Deux toiles décoratives d'après Boucher, *Le But* en camaïeu gris et bleu.

# TAPIS, TENTURES

279 — Grand panneau de tenture en ancienne soie de Chine, fond gros bleu décoré d'une figure du Dieu de la longévité offrant un fruit à ses enfants qui lui tendent les mains, bordure à encadrement ornée de personnages symboliques.

280 — Paire de portières en satin de Chine fond crème, brodé de bouquets de fleurs, d'oiseaux et de papillons.

281 — Panneau de tenture en soie de Chine rouge orné de caractères chinois, le haut formant bandeau est décoré d'un animal chimérique et de dragons, encadrement à figures symboliques.

282 — Tenture de pagode formant lambrequin en soie de Chine brodée, formée de nombreux panneaux de différentes nuances, décorés de divinités chinoises.

283 — Tenture de Pagode en ancienne soie de
Chine de même travail que la précédente.

284 — Deux portières en soie de Chine brodées,
décor d'arbres fleuris et d'oiseaux sur fond
vieux rose.

285 — Paire de portières en soie de Chine fond
maïs offrant en broderie, des arbres et des
oiseaux perchés sur les branches.

286 — Deux portières en soie de Chine brodée
fond vieux rose à figures d'oiseaux et de papillons au milieu de branchages.

287 — Paire de portières en soie de Chine brodée
décor d'arbres fleuris, d'oiseaux et de papillons sur fond vieux rose.

288 — Quatre panneaux en soie de Chine brodée.

289 — Paire de rideaux et tenture murale mobile
en soie rose brochée à bouquets de fleurs.

290 — Huit rideaux ou portières en soie rouge
avec embrasses.

291 — Huit rideaux et quatre bandeaux en velours vert galonné jaune, bandes à ornements appliqués en broderie de soie et huit embrasses.

292 — Trois portières, un ciel-de-lit avec draperie, deux rideaux et un fond de lit en étoffe de soie à bandes roses et blanches alternées.

293 — Grand panneau en étoffe rouge décorée d'applications en ancienne broderie de soie jaune, offrant au centre un écusson armorié, aux angles des fleurs et des rinceaux dans un encadrement à enroulements.

294 — Tapis d'Aubusson fond vert à rosace centrale, bordure à guirlandes de fleurs et feuillage sur fond brun.

295 — Panneau en ancienne tapisserie d'Aubusson à fleurs oiseaux et feuillage.

296-297 — Deux tapis de Smyrne.

298-301 — Quatre tapis ou carpettes d'Orient.

302-303 — Deux tapis d'Orient, dessins polychromes.

304 — Six paires de rideaux en étoffe brochée
fond crème.

305 — Gilet en soie brodée époque Louis XVI.

306 — Objets omis.